Incubando huevos

Escrito por Pam Holden
Ilustraciones de Pauline Whimp
Adaptación de Annette Torres Elías

Mira estos huevos. ¿Qué crees que va a salir de ellos?

¡Mira! Algunos pollitos están saliendo de los huevos.

¿Qué crees que va a salir de estos huevos?

¡Mira! Algunos pececitos están saliendo de los huevos.

Mira estos huevos. ¿Qué crees que va a salir de ellos?

Algunos pajaritos están saliendo de los huevos.

¿Qué crees que va a salir de estos huevos?

¡Mira! Algunas arañitas están saliendo de los huevos.

Mira estos huevos. ¿Qué crees que va a salir de ellos?

Algunas tortuguitas están saliendo de los huevos.

¿Qué crees que va a salir de estos huevos?

¡Mira! Algunas orugas están saliendo de los huevos.

Mira estos huevos. ¿Qué crees que va a salir de ellos?

Algunas culebritas están saliendo de los huevos. ¡SSSSsssss!

Mira estos huevos.
Hay cocodrilos saliendo
de ellos. ¡Cuidado! **¡Chas!**